ARIANE et NICOLAS

LE MIROIR MAGIQUE

Paul Roux

RENDEZ-VOUS SAMEDI MATIN À LA BIBLIO- THÈQUE !

Centre franco-ontarien de ressources pédagogiques

Le ministère de la Culture du Québec a fourni à l'auteur une aide financière pour la réalisation du récit *La Mémoire d'Isabelle*.

Graphisme : Marie-Josée Hotte

ISBN 2-89442-131-1
Dépôt légal — troisième trimestre 1994
Bibliothèque nationale du Canada

VOYAGE
AU PAYS
DES MOTS

QUEL DRÔLE D'ENDROIT...

OÙ SUIS-JE ?

??? MAIS TU ES AU PAYS DES MOTS. ROPOPLOM !

5

LE PAYS DES MOTS ?

OUI, C'EST ICI LE PAYS OÙ NAISSENT, VIVENT ET PARFOIS MEURENT (**SNIF!**) TOUS LES MOTS. ROPOPLOM !

ILS HABITENT DANS CES GRANDS LIVRES QUE TU VOIS, CE SONT LEURS MAISONS. ROPOPLOM !

ET TOI, QUI ES-TU ?

MOI ? JE SUIS LE DICTIONNAIRE, LE PÈRE DE TOUS LES MOTS. ROPOPLOM !

6

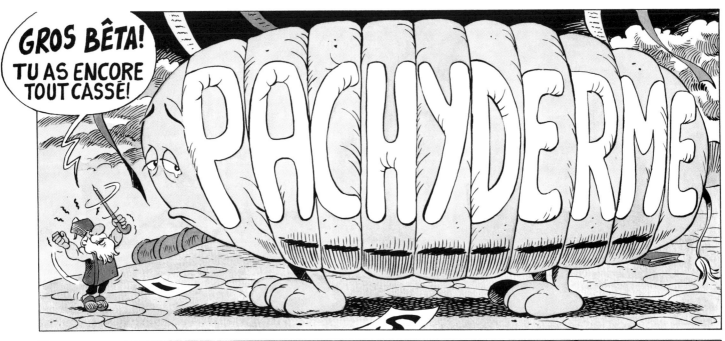

12

VOICI LE JARDIN OÙ LES MOTS SE RENCONTRENT CHAQUE JOUR POUR FORMER DES PHRASES, DES EXPRESSIONS, DES PROVERBES, ... ROPOPLOM!

TENEZ, VOICI JUSTEMENT LE MOT **AMOUR**. ROPOPLOM!

IL EST TRÈS AFFECTUEUX, ROPOPLOM!

JE CHERCHE LE MOT **TOUJOURS**. VOUS NE L'AURIEZ PAS APERÇU?

IL EST SANS DOUTE ENCORE ALLÉ À LA FONTAINE D'ÉTERNITÉ. ROPOPLOM!

TIENS, VOUS SENTEZ CETTE DRÔLE D'ODEUR?

JE T'AI DÉJÀ DIT DE NE PAS VENIR TE PROMENER DANS CE BEAU JARDIN! TU POLLUES TOUT! ROPOPLOM!

TAP TAP TAP

PAUL ROUPAL

CE N'EST PAS DE MA FAUTE. KOF!KOF!... JE SUIS UN MOT COMME LES AUTRES. CE SONT LES HUMAINS QUI ONT FAIT DE MOI CE QUE JE SUIS, KOF! KOF! KOF!

QUEL MONDE AMUSANT.

C'EST CE QUI FAIT LE CHARME DU PAYS DES MOTS. J'ESPÈRE QUE CELA T'AIDERA À MIEUX APPRÉCIER LES MOTS.

ROPOPLOM!

SI DANS NOTRE MONDE TOUS LES MOTS ÉTAIENT COMME ÇA, CE SERAIT BIEN PLUS FACILE DE LES APPRENDRE.

PROMENEZ-VOUS DANS LE JARDIN ET FAITES CONNAISSANCE AVEC LES MOTS. VOUS VERREZ, ILS SONT TRÈS GENTILS ET, SURTOUT, TRÈS FACILES À COMPRENDRE.

PETIT

JE REVIENDRAI VOUS CHERCHER PLUS TARD. ROPOPLOM!

LA MÉMOIRE D'ISABELLE

À Aimé Gaudin,

C'EST PARTiiiiii!

LORSQU'ON TOMBE OU SAUTE DANS LE MIROIR MAGIQUE EN PENSANT TRÈS FORT À QUELQUE CHOSE, ON SE RETROUVE DANS L'UNIVERS DE CETTE PENSÉE. VOIR LA PREMIÈRE AVENTURE D'ARIANE ET NICOLAS: «VOYAGE AU PAYS DES MOTS».

UNE DEUX! UNE DEUX! UNE DEUX! UNE DEUX!

(LIRE TRÈS TRÈS VITE) **GRAND A**, J'AI TROUVÉ CES DEUX GALOPINS DANS LE COULOIR ACF 586B 995 326. ILS ESSAYAIENT D'OUVRIR LE TIROIR 2500 CF18X3.

ÇA VEUT DIRE QUOI « GRAND A »?

JE SUIS LE **GRRRAND ARCHIVISTE DE LA MÉMOIRE D'ISABELLE.**

TOUT CE QU'ISABELLE A APPRIS OU VÉCU SE TROUVE ICI, DANS SA MÉMOIRE. SES CONNAISSANCES, SES BONS ET SES MAUVAIS SOUVENIRS, SES JOIES, SES CRAINTES ET SES PEURS. *TOUT* CELA EST BIEN RANGÉ DANS CES INNOMBRABLES TIROIRS.

TOUTES CES INFORMATIONS SONT AUSSI CLASSÉES DANS LE « GRAND LIVRE DE LA MÉMOIRE ».

FRRRRRRRRTTT

LORSQU'ISABELLE FAIT APPEL À SA MÉMOIRE, JE CONSULTE LE GRAND LIVRE POUR IDENTIFIER LE TIROIR QUI CONTIENT CE QU'ELLE VEUT SAVOIR.

DZOÏNG!

CRRR

TOC TOC TOC TOC

VVRRRMMM

LORSQUE J'AI TROUVÉ LE NUMÉRO DU TIROIR, UN DE MES DEUX ADJOINTS VA, AUSSI VITE QUE L'ÉCLAIR, LIBÉRER LE SOUVENIR DONT ISABELLE A BESOIN.

SI J'AI BIEN COMPRIS, LA MÉMOIRE, C'EST COMME UNE IMMENSE BIBLIOTHÈQUE OÙ TOUT EST BIEN CLASSÉ.

VOILÀ, C'EST ÇA ! TU AS TOUT COMPRIS. TU ES UN PETIT GARÇON TRÈS INTELLIGENT.

JE SAVAIS QUE JE MÉRITAIS PLUS QU'UN 8 EN CLASSE !

PFF !

PAUL ROUP 93

MAIS ALORS, POURQUOI ISABELLE A-T-ELLE DES DIFFICULTÉS ?

HALALA ! VENEZ VOIR...

9

REGARDEZ CE DÉSORDRE.

$5 \times 8 = 40$
$6 \times 8 = 48$
$7 \times 8 = 56$
...

M. UNEDEUX ET M. TROISQUATRE, MES ADJOINTS, NE PEUVENT PLUS FAIRE LEUR TRAVAIL. POUR ÊTRE EFFICACE, LA MÉMOIRE DOIT ÊTRE EN ORDRE.

CHAQUE CONNAISSANCE, CHAQUE BON ET MAUVAIS SOUVENIR DEVRAIT ÊTRE RANGÉ BIEN SAGEMENT DANS SON TIROIR.

POURQUOI CE DÉSORDRE ? QUE S'EST-IL PASSÉ ?

10

QUELQUE CHOSE DE TERRIBLE EST ARRIVÉ À ISABELLE.

IL N'Y A PAS TRÈS LONGTEMPS, SON GRAND-PÈRE QU'ELLE AIMAIT TRÈS TRÈS TRÈS FORT EST MORT DE VIEILLESSE.

CECI LUI A CAUSÉ UN GRAND CHOC ET, DEPUIS, CE MAUVAIS SOUVENIR HANTE SA MÉMOIRE ET SÈME LE DÉSORDRE.

VRRRR

BONG

IL GROSSIT SANS CESSE. IL A AUSSI LIBÉRÉ D'AUTRES MAUVAIS SOUVENIRS ET IL EST DEVENU LEUR CHEF.

IL FAUT LE COMBATTRE!

HMPF! GNN!

TAP TAP   TAP TAPTAP

ON A ESSAYÉ, MAIS IL EST TROP PUISSANT. IL EST AUSSI TROP GROS POUR ENTRER DANS UN TIROIR.

S'IL ME CAPTURAIT OU QU'IL ME VOLAIT LE GRAND LIVRE, IL POURRAIT MÊME PRENDRE LE CONTRÔLE DE LA MÉMOIRE. CE SERAIT TERRIBLE... BRRR!

PFF PFF PFF

IL FAUT ALLER CHERCHER ARIANE. ELLE EST TOMBÉE PAR LÀ. QU'Y A-T-IL EN BAS?

...

C'EST LE **T**ROU DE L'OUBLI. IL ARRIVE PARFOIS QU'UN SOUVENIR TOMBE DANS CE TROU; ON NE LE RETROUVE JAMAIS.

?!?

QUOI?!

ARIANE!

FWOUCHHH

PAUL ROUY 93

17

ARIANE, ÇA VA?

JE COMMENÇAIS À ME POSER DES QUESTIONS. (TON GLACIAL)

HAHAHAHA

???

J'AI LE GRAND LIVRE, ET VOUS VOILÀ EN PLUS TOUS À MA MERCI. HAHA HAHA!

JETEZ-LES DANS LE TROU.

18

FFLOMP!

NOUS SOMMES SAUVÉS! LE MIROIR MAGIQUE ÉTAIT AU FOND DU TROU. C'EST POUR ÇA QUE LE GRAND A NE LE SAVAIT PAS.

23

QUELQUES JOURS PLUS TARD, À L'ÉCOLE...

MICHEL: 6!

ARIANE: 8!

NICOLAS: 7!

ISABELLE: 8!

MAINTENANT, ELLE EST MEILLEURE QUE MOI. JE SUIS LA VICTIME DANS CETTE HISTOIRE!

JE BOUDE!

FIN

PAUL ROUX 12-93